兒童文學叢書
・藝術家系列・

超級天使下凡塵

最後的貴族拉斐爾

喻麗清／著

三民書局

國家圖書館出版品預行編目資料

超級天使下凡塵：最後的貴族拉斐爾 / 喻麗清著.——
二版一刷.——臺北市：三民，2009
　　面；　　公分.——(兒童文學叢書・藝術家系列)

ISBN 978-957-14-3424-7　(精裝)

1.拉斐爾(Raphael Sanzio, 1483-1520)－傳記－通
俗作品

859.6

ⓒ　超級天使下凡塵
　　　──最後的貴族拉斐爾

著 作 人　喻麗清
發 行 人　劉振強
著作財產權人　三民書局股份有限公司
發 行 所　三民書局股份有限公司
　　　　　地址　臺北市復興北路386號
　　　　　電話　(02)25006600
　　　　　郵撥帳號　0009998-5
門 市 部　(復北店)臺北市復興北路386號
　　　　　(重南店)臺北市重慶南路一段61號
出版日期　初版一刷　2001年4月
　　　　　二版一刷　2009年8月
編　　號　S 855691
行政院新聞局登記證局版臺業字第○二○○號

ISBN　978-957-14-3424-7　(精裝)

http://www.sanmin.com.tw　三民網路書店

攜·手·同·行

　　孩子的童年隨著時光飛逝，我相信許多家長與關心教育的有心人，都和我有一樣的認知：時光一去不復返，藝術欣賞與文學的閱讀嗜好是金錢買不到的資產。藝術陶冶了孩子的欣賞能力，文學則反映了時代與生活的內容，也拓展了視野。有如生活中的陽光和空氣，是滋潤成長的養分。

　　民國83年，三民書局董事長劉振強先生，有心於兒童心靈的開拓，並培養兒童對藝術與文學的欣賞，因此不惜成本，規劃出版一系列以孩子為主的讀物，我有幸擔負主編重任，得以先讀為快，並且隨著作者，深入藝術殿堂。第一套全由知名作家撰寫的藝術家系列，於民國87年出版後，不僅受到廣大讀者的喜愛，並且還得到行政院新聞局第四屆小太陽獎和文建會年度最佳少年兒童讀物獎。

　　繼第一套藝術家系列：達文西、米開蘭基羅、梵谷、莫內、羅丹、高更……等大師的故事之後，歷時3年，第二套藝術家系列，再次編輯成書，呈現給愛書的讀者。與第一套相似，作者全是一時之選，他們不僅熱愛藝術，更關心下一代的成長。以他們專業的知識、流暢的文筆，用充滿童心童趣的心情，細述十位藝術大師的故事，也剖析了他們創作的心路歷程。用深入淺出的筆，牽引著小讀者，輕輕鬆鬆的走入了藝術大師的內在世界。

　　在這一套書中，有大家已經熟悉的文壇才女喻麗清，以她婉約的筆，寫了「拉斐爾」、「米勒」，以及「狄嘉」的故事，每一本都有她用心的布局，使全書充滿令人愛不釋手的魅力；喜愛在石頭上作畫的陳永秀，寫了天真可愛的「盧梭」，使人不禁也感染到盧梭的真誠性格，更忍不住想去多欣賞他的畫作；用功

而勤奮的戴天禾，用感性的筆寫盡了「孟克」的一生，從孟克的童年娓娓道來，讓人好像聽到了孟克在名畫中「吶喊」的聲音，深刻難忘；主修藝術的嚴喆民，則用她專業的美術知識，帶領讀者進入「拉突爾」的世界，一窺「維梅爾」的祕密；學設計的莊惠瑾更把「康丁斯基」的抽象與音樂相連，有如伴隨著音符跳動，引領讀者走入了藝術家的生活裡。

第一次加入為孩子們寫書的大朋友孟昌明，從小就熱愛藝術，困窘的環境使他特別珍惜每一個學習與創作的機會，他筆下的「克利」栩栩如生，彷彿也傳遞著音樂的和鳴；張燕風利用在大陸居住的十年，主修藝術史並收集古董字畫與廣告海報，她所寫的「羅特列克」，像個小巨人一樣令人疼愛，對於心智寬廣而四肢不靈的人，這是一本不可錯過的好書。

讀了這十本包括了義、法、荷、德、俄與挪威等國藝術大師的故事後，也許不會使考試加分，但是可能觸動了你某一根心弦，發現了某一內在的潛能。當世界越來越多元化之後，唯有閱讀，我們才能聽到彼此心弦的振盪與旋律。

讓我們攜手同行，走入閱讀之旅。

簡　宛

本名簡初惠，國立臺灣師範大學畢業，曾任教仁愛國中，後留學美國，先後於康乃爾大學、伊利諾大學修讀文學與兒童文學課程。1976 年遷居北卡州，並於北卡州立大學完成教育碩士學位。

簡宛喜歡孩子，也喜歡旅行，雖然教育是專業，但寫作與閱讀卻是生活重心，手中的筆也不曾放下。除了散文與遊記外，也寫兒童文學，一共出版三十餘本書。曾獲中山文藝散文獎、洪建全兒童文學獎，以及海外華文著述獎。最大的心願是所有的孩子都能健康快樂的成長，並且能享受閱讀之樂。

作·者·的·話

在文藝復興時期的義大利，傑出的藝術家真多。現在全世界最熟悉的幾位大師當然是達文西、米開蘭基羅和拉斐爾。

當拉斐爾生下來的時候，達文西已經 30 歲，而米開蘭基羅也已經是小學三年級的學生了。誰知道這個小神童後來居上，好像在賽跑的路上忽得神助，幾個箭步就給他追到前三名去了。如果不是他 37 歲生日的那一天忽然得了急病，匆匆離開了人世，後來聖彼得大教堂的建築工程還輪不到米開蘭基羅去接手的。

一個只活了 37 歲的人，可以做出這樣偉大的成就，用天才來形容他真覺得不夠勁兒。為他寫這本小傳，愈寫愈覺得他像天使下凡，一生只為在塵世給我們留個風範。

想想看，達文西在畫他的〈最後的晚餐〉溼壁畫時，拉斐爾正在埋葬他至愛的父親。自此他就成了孤兒，開始他往後無休止的自我奮鬥與完成，那一年，他才 11 歲。

但是用命運坎坷來形容拉斐爾又實在不妥，因為比起米開蘭基羅，做了孤兒的拉斐爾，反而到處受到愛護與歡迎，在變成藝術大師的路上簡直是一帆風順。

說實話，如果我生在那個時代的義大利，這三位大師讓我選，我也只會選拉斐爾做我的朋友。跟他們三位在一起，你看：達文西鋒芒外露，一定是對你愛理不理的；米開蘭基羅呢，他老是心事重重的樣子，跟他在一起很不愉快；只有拉斐爾比較溫文爾雅會體貼人。真的，幾百年來，每個欣賞他的畫作的人都這樣想。

也許因為他的早死，所以來不及變壞；也許他從小家教就好，所以個性可愛，不可能變壞。好像文藝復興的優點都在他的身上集大成了，以至於三、四百年後的藝術上有個短暫的流派叫做：拉斐爾前派（或稱：先拉斐爾派），那一派的英國畫家們就用拉斐爾來劃清界限呢，好像從拉斐爾以後世界就變壞了，他們要復興比文藝復興更早的藝術風格。

　　幾年前，美國發行了兩枚以天使做圖案的郵票，很受歡迎，後來還引起一連串的「天使熱」，什麼天使項鍊、天使畫片、天使紀念品紛紛出籠。這兩個圖案就是從拉斐爾的畫上取來的。天使原來是想像出來的，可是拉斐爾把他們變成真的一樣，不光是在畫上，他自己就像他們中間的一位。為他寫這本小書，我覺得自己的心都變得柔美、變得高雅了，並且，我好想這樣對你說：

　　「來，這位就是拉斐爾，我想把他介紹給你，成為我們共同的朋友。」

喻麗清

喻麗清

　　臺北醫學院畢業後，留學美國。先後在紐約州立大學、加州大學柏克萊分校任職，工作之餘修讀西洋藝術史。現定居舊金山附近。喜歡孩子，喜歡寫作和畫畫。雖然已經出過四十多本書了，詩、小說、散文、童書都有，但她覺得兩個既漂亮又聰明的女兒才是她最大的成就。

2

Rafael

拉斐爾

Raphael Sanzio, 1483~1520

前言

　　英國有名的小說家狄更斯在他的《雙城記》裡，開頭就寫:「這是一個黑暗的時代，也是一個光明的時代。這是一個智慧的時代，也是一個愚蠢的時代。這是一個信仰的時代，也是一個懷疑的時代……」好像你把任何兩個相反的形容詞擺在一起都可以用來描述那個時代。

　　這個狄更斯首創的聰明說法，用在十四、十五世紀義大利那個所謂的「文藝復興」時期，真是再恰當不過了。

　　「文藝復興」在義大利興起的時候，中國那時候是明朝。

　　我們想像中那個時候的義大利，尤其是威尼斯，好像富有極了，海岸邊全是貨船，貨船上的金銀珠寶啦、香料皮草啦什麼的，堆積如山。滿臉大鬍子的有錢人，穿著絲絨的披風長袍，揮舞著寶劍，指揮著他們買來的奴隸搬運貨物，威風凜凜、神氣得很。

中國那時候，其實也很了不起，鄭和就是這個時候下西洋的。如果不是船艦造得好與航海術夠有把握，你想鄭和還能七次出海，七次都活著回來嗎？

不過，那時中國只有一個皇帝，可是歐洲卻是一片紛亂。教皇還時常要帶兵去打仗，教訓那些不聽話的造反派。而各地的諸侯們，各自稱王，有的是土匪出身，根本不怕下什麼地獄，不但不聽教皇的命令，還常把「保教黨」抓來綁在柱子上，學教皇對付「異端」的辦法，也來當街火刑。所以「保教派」的與「保王派」的，老是殺來殺去，殺個沒完。老百姓想想：那個在天上的上帝，好像也不大管事的樣子，還不如「古時候」希臘羅馬時代自由可愛得多。而本來以研究神學為主的學者們，也都把往天上注視的目光收回來研究古典文學和藝術，同時想改善自己身邊的生活。

「文藝復興」就在這一片亂糟糟裡產生的。它要復興什麼呢？就是復興古時候希臘羅馬時代的那種文化：研究人，不要討好神。這就是「人文精神」，也就是一種「神權思想」的對抗。「文藝復興」，在拉丁文中是「再生」的意思，也就是人

3

的再發現，世界的再發現。當時，再生的中心是在佛羅倫斯。後來，教皇的地盤一再縮減，最後被縮減到羅馬城裡，就是現在的梵諦岡，而梵諦岡現在簡直像變成了希臘羅馬的古物博物館，原因就在此。

一提起「文藝復興」，我們馬上會想到三位偉大的藝術家：達文西、米開蘭基羅、拉斐爾。

達文西，比拉斐爾大了三十歲，米開蘭基羅比拉斐爾大了八歲。他們三位，都非常多才多藝。上至天文，下至地理、文學、美術、建築、考古等等，好像十項全能。一直到現在，「文藝復興人」這個名詞還被用來形容一個多才多藝的人，就是因為有他們三位當榜樣。

你只要一想到他們三位，就不難

詩學，約 1509～1511 年，溼壁畫（天井畫），直徑 180cm，羅馬梵諦岡美術館藏。

通常只有天使才有翅膀，可是這位女神也有翅膀，好像象徵著詩的靈感，飛來飛去的，可遇而不可求。她一手拿書，一手抱琴，象徵詩與音樂的合一。真的，但丁的詩即使描寫的是在地獄裡，讀起來也好聽得像唱歌。

法學，約 1509～1511 年，溼
壁畫(天井畫)，直徑 180cm，
羅馬梵諦岡美術館藏。

誰都知道正義女神是一手拿劍，一
手拿著天平的。不過，在〈詩學〉、
〈神學〉、〈哲學〉三幅畫中，每幅
畫上都只有兩位天使陪襯，只有這
幅有四位天使，兩位看著劍，兩位
看著天平。主持正義，很不容易的，
不是嗎？

神學，約 1509～1511 年，溼
壁畫(天井畫)，直徑 180cm，
羅馬梵諦岡美術館藏。

這畫中的小天使都穿了衣服，很特
別吧！而女神身上的白紗、綠袍、
紅衣三種顏色，是神學中信、望、
愛的代表色。宗教中最重要的就是
信、望、愛，如果不信，她的右手
指向著下面一幅畫呢：在這天井下
方，女神所指的畫正是那幅有名的
〈聖體爭辯〉。你看，她腳下的雲
朵都好像被爭吵得烏煙瘴氣了。

想像為什麼當代的教育家會提醒我們說：「和我們該有的成就相比，我們不過是半醒而已。因為一般人通常只利用了我們潛能的一小部分。每個人其實都擁有各種天生的才能，只是不知道怎麼去用而已。」

所以，成功的人，往往是個「拼命三郎」，因為他想多多開發他自己的潛能，不要讓它「半醒」，要全醒就成功了。

這種理論，聽起來好像蠻容易做的，可惜我們的惰性很大，半睡半醒的時候居多，除非有人拿把刀子架在你腦袋旁邊，大概你才肯天天睜著大眼去「打拼」吧？這幾位「文藝復興人」，就是因為有教皇，尤其是有個號稱「暴君」的教皇在身邊，不拼命也不成。

哲學，約 1509～1511 年，溼壁畫（天井畫），直徑 180cm，羅馬梵諦岡美術館藏。

留意到女神所穿的衣服嗎？分成四個顏色的層次：藍、紅、綠、黃。古代的哲學家是很「多管閒事」的，不但要思考人間的倫理道德，還異想天開為我們現在所謂的科學鋪好道路：藍色代表「氣」，紅色代表「火」，綠色代表「水」，黃色代表「土」，沒有這四種元素，人就不能活了。幾千年前，哲學家們就想得出來，能不令人佩服嗎？

當然，這樣一說也有點不大公平，因為得到教皇的賞識，在那個時代是莫大的光榮，就為了那分榮譽感，拼命也值得。何況，有個對手相互競爭，那就更不容易打瞌睡了。

教皇猶理斯二世，約 1511 年，油彩、畫板，108.7 × 81 cm，英國倫敦國家畫廊藏。

這位暴君教皇，在拉斐爾的畫筆下，呈現的是教皇的另一面：一個極為尊貴的慈祥老人。拉斐爾作此畫時，只有 28 歲，而教皇已如風中殘燭（畫完一年教皇就去世了）。他作此畫時，難免會想起自己的父親，何況教皇真的是對他寵愛得不得了。因此，他這種流露父子之情的畫法，在教皇肖像裡，不但少見，也是別人畫不出來的。

西斯汀聖母，約 1513～1514 年，油彩、畫布，265 × 196cm，德國國立德勒斯登藝術收藏館藏。

達文西活了六十年，米開蘭基羅更是長命，活到八十九歲；然而，可憐的拉斐爾，死時才三十七歲，而且死得很突然。但他留下的作品，無論是質，無論是量，都不比前兩位大師差，而且他的畫是把古典的浪漫和宗教的情懷結合得最高貴、最優美、最有詩意的，因此，說他是天才中的天才，一點都不誇張。

拉斐爾畫中的這兩個小天使，真是「神來之筆」！如果你把這兩位好像趴在畫框邊緣上的天使，用手擋住的話，你看這幅畫變得多麼「老氣」？把手拿開，整個畫面是不是生動多了？所以很多人都愛上了這「神來之筆」的兩個可愛小天使。
在美國，這兩個小天使已印成普通郵票，有面值三毛二的，也有面值五毛五的（右邊的小天使比左邊的貴喲！），一到聖誕節它更是最受歡迎的郵票。此外，還有天使明信片、天使文具等等。
拉斐爾的聖母、天使之類的畫跟達文西的〈蒙娜麗莎〉大概是世上複製得最多的古畫。

金色童年

一四八三年春天，拉斐爾生在義大利的烏比諾。這個城，雖然當時是羅馬與佛羅倫斯之間的必經之地，要不是出了個拉斐爾，烏比諾在義大利的位置大概很少有人想知道的。

藝評家說：「達文西是深，米開蘭基羅是大，而拉斐爾是美。」

這當然是指他們的作品而言。不過現在我們知道，作品跟個性是相連的，一個人的個性跟他的童年則有著密不可分的關係。

達文西，出身於小有田產的知識分子的家庭。父親的家境是不錯的，世代都是公證官，可是，他母親是個酒店女招待，雖然非常漂亮，但他那個風流的父親可不想跟她結婚，所以達文西是以私生子的名分在祖父母照顧下長大的。在那個講究身分與家世的年代，你想他若是不學些真本事，如何去闖天下呢？後來他長大了，俊

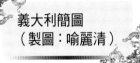

義大利簡圖
（製圖：喻麗清）

義大利像隻靴子，文藝復興時
有三個大本營，最有名的是在
佛羅倫斯，還有羅馬和威尼斯。
但是，另有三個地方，卻是因
為跟三位藝術大師的緣分才有
名的：
米蘭，達文西在這裡住了二十
幾年。
帕度亞，早在文藝復興一百年
前，喬托就在這裡一所教堂的
牆上，用打破傳統的畫法，畫
了基督的一生。所有後來文藝
復興的重要畫家沒有不來臨摹
它的。
而烏比諾，有拉斐爾就足夠了。

米蘭
帕度亞
威尼斯
佛羅倫斯
烏比諾
羅馬

美而風流，我行我素，對理性的科學比感
性的藝術還有興趣，你要他向權威屈服、
為信仰低頭，大概很難，所以教皇也不喜
歡他，他自己就在孤獨中享受他的自由。
　　米開蘭基羅，幼年喪母，小時候是一
個石匠的太太帶大的。但他一生都在為了
他是「佛羅倫斯最高貴的世家」的身世而
奮鬥，其實他父親欠債累累，根本是個虛

有其表的家世。他的英雄氣概，痛苦的掙扎，跟他少年時參加過反教皇的革命大概很有關係。他比較關心社會關心人，又過於理想主義，結果眼看自己的哥哥因此而入獄，造反的頭目又被燒死在火刑柱上，偏偏教皇還特別欣賞他的才華，叫他又心虛又感激，又想服從又不甘心就範，一輩子掙扎。戰鬥他會，溫情他全不懂。

比起達文西和米開蘭基羅，拉斐爾的童年真是挺幸福的。

拉斐爾的父親是烏比諾城裡頗有名氣的詩人、畫家，生活雖不富裕，但是有個很賢慧的太太，日子過得也很快樂，唯一的缺憾就是生過兩個孩子都沒養大。拉斐爾是他們的第三個孩子。

拉斐爾一生下來的時候，他母親害怕他像兩個哥哥一樣早夭，就什麼事都不管了，全心全意的只照顧著他。父親也把他當成寶貝，小心翼翼的深怕再出個什麼差錯。夫妻倆每天早也禱告、晚也禱告，只想這個孩子平平安安，像個平凡孩子那樣長大就好了。因此他的童年是在父母的百般呵護下愉快的度過的。

拉斐爾，這個名字本來就是天堂裡大天使的名字，他爸媽給他取這個名字，當

草地上的聖母，1505/1506 年，油彩、畫板，113×88.5cm，奧地利維也納藝術史博物館藏。

自畫像，炭筆素描，38.1
× 26.1cm，英國牛津亞
修蒙連美術館藏。

拉斐爾少年時的自畫像。拉
斐爾長得既清秀又有氣質，
誰能不喜歡這個「天才兒童」
呢！其實，「拉斐爾」本來也
就是天堂裡那位大天使的名
字。拉斐爾的爸媽給他取這
個名字，也是希望他們的兒
子長大了像天使一般。他們
的願望真的達成了。

然就是把他當「神的禮物」來看待，希望
他將來會成為天使般的人。果然，他不但
小時候不像個平凡的孩子（雖然他老爸寧
可他笨一點才好），長大之後，他也真的
就像個天使，所有文藝復興時的藝術家當
中，沒有人比他的人緣更好。

　　他從小就聰明過人，還不會說話，就
會拿著畫刷當玩具，還不會走路，見了顏
料就會手舞足蹈。拉斐爾的老爸又是歡喜

又是憂慮，常常跟老媽說:「這孩子太聰明了，真叫人擔心又要養不大。」

沒想到，孩子八歲的時候，母親再也顧不了擔心，棄他而去離開了人間。而拉斐爾的父親，也愈來愈發現拉斐爾在繪畫上的天分，只有把他的命運交在上帝的手中。

母親死了以後，拉斐爾跟老爸當然更是形影不離。

十歲不到，父親所有繪畫的技巧，拉斐爾就都學會了。他學習能力之強，有時令老爸驚異不已，他知道這孩子將來在繪畫上，肯定是有前途的。但是，除了畫，他也希望他將來能有貴族般的風度、主教般的學問，所以只要是拉斐爾想學的，他總是想方設法請人來教。為了要討老爸的歡心，拉斐爾還常常背誦但丁的詩歌給老人家聽呢。

那時候的畫家，跟生意人一樣。教堂裡的壁畫啦、有錢太太請你畫肖像啦、死者的墳墓上要刻一個圖文並茂的紀念碑啦等等。接的生意愈多，名氣就愈大；名氣愈大，生意也愈多。沒生意的就在別人的畫室工作，有生意的就自己開畫室，收些學生徒弟來幫忙。所以，光是畫的畫討人

喜歡也不行，人緣也很重要。這些待人接物之道，拉斐爾是得天獨厚，他早早就在父親的薰陶下懂得如何在王公貴族間不卑不亢的來往了。

在拉斐爾老爸的心裡，他這個天才兒子待在烏比諾這個小地方，真的是有點兒委曲。他知道應該送他去佛羅倫斯那種大城，說不定將來還能當上紅衣主教呢。可是，他實在捨不得。送他去哪個大畫師那兒當學徒，倒是不成問題，萬一碰到一個壞脾氣的老師，兒子要受很多苦，一想到這一點，他就心痛不已。想來想去，最後決定把兒子託付給他的老友。

有一天，老爸對拉斐爾說:「爸爸近來身體不大好，要是哪一天跟著你媽走了，你就到貝羅斯城裡去找一個叫佩魯吉諾的畫家。他是很有名的畫家，也是我的好朋友，你去做他的學徒，他會好好待你。」

不幸，這話才交代過一年，老爸也去世了。

拉斐爾，才十一歲，由一個受盡寵愛的獨子變成了無父無母的孤兒。在叔叔的料理下，他安葬了父親，解散了父親畫室中工作的師兄弟們。他到父母的墳上，拜了又拜，擦著臉上乾了又流、流了又乾的

自畫像，約1506年，蛋彩、畫板，47.5×33cm，義大利佛羅倫斯烏菲茲美術館藏。

用溫文儒雅來形容拉斐爾真是再恰當也不過。這是他23歲時的樣子，誰會想到他37歲就去世呢？

他跟米開蘭基羅真是強烈的對比：米開蘭基羅雄壯粗魯，拉斐爾清瘦儒雅；米開蘭基羅歷盡滄桑，拉斐爾永遠年輕。你能想像拉斐爾滿臉鬍子、衣冠不整的樣子嗎？

眼淚，騎了匹小驢，一步一回頭依依不捨的離開了烏比諾，到貝羅斯城投靠老師去了。

拉斐爾長長的瓜子臉，長得十分的清秀，他很有教養的樣子，讓佩魯吉諾一見到他就很喜歡，又想起老友的情誼，更是對他憐愛有加。師母也一樣，同情這個文雅可愛的孩子，馬上就讓他跟自己的孩子住到一塊兒，而沒有讓他住在學徒們住的畫室裡。

從小不知愁苦是什麼滋味的拉斐爾，性情十分隨和、樂觀，沒多久，他就在老師家如魚得水一般，學得更快，也畫得更好了。

這個小學徒，大概只有父親去世那一段時間，他傷心得哭過，從此之後，一帆風順，過著優雅愉快的日子。世界就像他的畫那樣，到處有溫情，到處是安詳、高貴與美麗的氣息。因為他的確是這樣覺得的。

多彩多姿的青少年

　　畫著畫著，他的名氣愈來愈超過他的老師。他畫的聖母像，如果他不簽名，人家還以為是他老師畫的，有時甚至比他老師畫的還要好。

亞爾伯的聖母，1510 年，油彩、畫布，直徑 94.5cm，美國華盛頓國家畫廊藏。

拉斐爾畫的聖母聖嬰圖很多，所以後來研究他的人就在他的「聖母」前加上地名或圖中的特徵來命名，以示區別。

大公爵的聖母，約 1505 年，
油彩、畫板，84×55cm，義
大利佛羅倫斯碧提宮美術館
藏。

畫中的聖母並不是依照真人作模
特兒畫的，而是一種理想中的女
性美：氣質像神，性情卻像個博
愛的母親。

那時還沒發明用帆布畫畫（住在威尼斯的貝里尼，這時候正在用帆布試畫），紙也是稀奇的東西，畫畫就畫在木板上，要不然就是直接畫在牆上。畫牆上有種特別的畫法，叫溼壁畫法，是先在牆上打草稿，然後一面用加了草的石膏敷上，一面上顏料。上顏色的時候，又不能太溼，也不能太乾，溼度不對的話，顏料滲不進石膏裡去。最洩氣的是，有時牆乾了顏色也變了，就只有整片牆挖掉重來。

當時這種畫法很流行，而且是那時覺得最經濟的、現在我們覺得很幸運的一種畫法，因為它最耐久，只要牆不倒，畫永遠在。但是，這種技術真的是非得很有經驗的畫家，才能勝任；也只有繪畫大師，人家才肯請去畫的。

拉斐爾十七歲那一年，城裡建了一座新教堂，主事者是他爸爸從前在烏比諾的朋友，就來找他畫壁畫。他跟老師商量，老師極力鼓勵，並建議他畫一幅像達文西的某某之役那一類的畫。那時，全義大利沒有人不知道達文西的。拉斐爾就非常用心的接受了這個任務。（可惜，這教堂在一七八九年那次的大地震中被毀，這壁畫也拼不起來了。）

21

自此以後，佩魯吉諾就讓他獨立門戶，並時時幫他完成他應接不暇的「生意」。

　　他二十歲不到，就時常要「出差」去羅馬啦，去佛羅倫斯啦，因為常有人來請去作畫。他每次外出，總要到當地名師那兒去請教，並且去觀摩別的名畫。看到好的地方，就記在心裡，回來立刻拼命練習。不僅是繪畫，他像海綿似的，各種新鮮的知識，什麼哲學啦、神話啦、考古啦、數學、音樂，尤其是建築，在好學與謙遜中，他都加以吸收。

武士之夢，約 1504 年，油彩、畫板，17.1×17.3cm，英國倫敦國家畫廊藏。

左邊是戰爭，右邊是和平，畫中的三個人物其實和真善美三女神沒有分別。

不久，他畫了〈武士之夢〉及〈真善美三女神〉，都是希臘的故事，加上文藝復興的畫法，雖然看得出那是年輕畫家的手筆，可是那一股清新的、青春的魅力，已經迷倒了許多人。

「拉斐爾」這個名字，因此傳遍了全義大利。後來，連達文西和羅基害怕聽到他的名字。因為，那時候的達文西已經不太專心，而米羅心裡有數，拉斐爾那種的柔美，他絕對畫不出來。

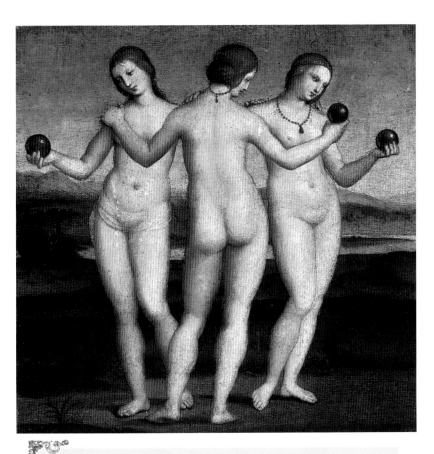

真善美三女神，約 1503～1504 年，油彩、畫板，17 × 17 cm，法國香笛憶龔德美術館藏。

跟〈武士之夢〉差不多氣質，只是穿了衣服與裸體之別，拉斐爾初期的畫仿達文西的多，但較清純唯美，有青春氣息。

接著，他又回貝羅斯城，在老師設計的教堂內畫了〈聖母的婚禮〉。

　　這時候的拉斐爾，對建築產生了莫大的興趣，由這張畫中可以很明顯的看出，同時，這也奠定了後來勃拉芒特死後，新教皇任命他為聖彼得大教堂總建築師的基礎。

　　你看，〈聖母的婚禮〉中，那個作為背景的教堂建築物，多麼的有吸引力。他用一級級的臺階，創造了一種新式的透視法，使你覺得那個幾乎占了一半面積的建築物一點也不過分，反而顯出那教堂的莊嚴與宏大。

聖母的婚禮，1504 年，油彩、畫板，170×118cm，義大利米蘭布雷拉畫廊藏。

你知道為什麼右下方有個青年在婚禮中把樹枝折斷嗎？
相傳向聖母求婚的人太多了，主教告訴男士們每人折一枝樹枝來放在教堂裡，到婚禮時誰的樹枝上會開出花來的，便可以與聖母成婚。所以很顯然的那折斷樹枝者也是求婚者之一，現在聖母已跟別人結婚了，他失望的把帶去的樹枝在膝上折斷。拉斐爾用他將整個過於對稱的畫面靈活起來，並製造出趣味與戲劇性，你不覺得拉斐爾好聰明嗎？

「聖母圖」，本來就是拉斐爾的拿手畫。起先他畫得很像達文西，可是，漸漸的，「拉斐爾式」也成了專有名詞，因為他把古典、浪漫和宗教都統一了，在他的畫裡，即使畫的是希臘故事，他也處理得很有神性，而像聖母、聖嬰這樣的題材，他又畫得很有人情味。

達文西，岩石上的聖母，1483～1486年，油彩、畫板，199 × 122cm，法國巴黎羅浮宮藏。

花園中的聖母，1507/1508 年，油彩、畫板，122 × 80cm，法國巴黎羅浮宮藏。

椅中的聖母，1512～1514 年，油彩、畫板，直徑
71cm，義大利佛羅倫斯碧提宮美術館藏。

　　不過，人怕出名豬怕肥，這時對他的
惡評也不少：有人說他的畫太美了，美得
發膩；有人說他這裡模仿一點、那裡模仿
一點，不算什麼了不起，還說他的聖母畫
得既不夠神聖又不夠人間化。最叫他生氣
的是，聽說米開蘭基羅也在背後嘲笑他收
的學生之多可以開個美術學院。

不過，他年紀還輕，並不在乎人家說他，愈被別人說來說去，找他畫畫的就愈多。只是他心中也意識到，人家所批評的不是全沒道理，就一直在想著要怎麼樣才能突破這些困境呢？

他的上進與虛心的精神，終於連他的老師也被感動了。有一天，他的老師交給他一封介紹信，並對他說：「你應當到佛羅倫斯去。各地的菁英、天才、怪才、庸才全集中在那兒。你去了，我有信心，你的繪畫技巧一定會更上層樓。這些小品畫，不值得你再浪費你的天才了。」

拉斐爾自從父親去世後，不曾掉過眼淚。而此刻，老師的建議，正好也是他日思夜想的，一種前所未有的、被愛的幸福感流遍了全身，使他忍不住熱淚盈眶。

老師又說：「這封信帶去。到了城裡就去拜見勃拉芒特，他是當今最偉大的建築師，最得教皇的信任。這封介紹信是我去請他妹夫給你寫的。你只管大著膽子去求見。而且，他是你同鄉，也是烏比諾人，跟他多提一些家鄉的事，他是個極念舊的人，我想他一定會好好安頓你的。」

於是，拉斐爾就向文藝復興的「發燒地」——佛羅倫斯與羅馬前進。

光芒四射的彗星

　　拉斐爾以二十出頭的英姿，出現在佛羅倫斯時，勃拉芒特已經是個頭頂半禿、傲氣十足的名建築師。他是教皇的遠房親戚，所以深得教皇信任。

　　勃拉芒特剛見到拉斐爾的時候，印象很深。這個年輕人彬彬有禮，名氣不小，卻還像個學生似的。尤其看到妹夫寫的介紹信，稱他為「烏比諾之光」，對這位同鄉小老弟，當然已經很有好感了。可是，當時在佛羅倫斯出色的藝術家之多，隨便用麻布袋一裝，就是滿滿一袋。他一時也沒法子給拉斐爾什麼比較有點分量的工作做。

　　甚至，當拉斐爾聽說有個大教堂，達文西和米開蘭基羅都在那裡面畫過壁畫，他就去找勃拉芒特，看看是否也能讓他在裡面畫點畫時，勃拉芒特居然一口拒絕了他。拉斐爾非常傷心，他以為勃拉芒特不喜歡他。

那個時候，勃拉芒特心裡討厭一個人——米開蘭基羅。因為米開蘭基羅是個雕刻至上的人，好像建築還必須得配合他的意思。他的主觀意識很強，時常因雕像要擺在哪個位置，跟勃拉芒特意見相左，而且他們兩個脾氣都大，互不相讓。可是，米開蘭基羅的才華，也是教皇極賞識的，雖然勃拉芒特在教皇面前老說他的壞話，教皇好像並沒有介意。

其實，勃拉芒特看拉斐爾一表人才，很想幫他做媒，把拉斐爾介紹給羅馬大主教的姪女兒。可惜，兩人不來電。不久，拉斐爾自己愛上了一位麵包師父的女兒。

就在這時，教皇不顧大家的反對，決意把羅馬城裡那個已有一千年歷史的聖彼得大教堂整個兒拆掉重建。並把這個重任交給勃拉芒特。他計劃要蓋世上最大又最藝術的一所教堂（一百五十年之後，這個美夢才成真）。

這個教堂，等於是梵諦岡的墳場。中國人相信風水，說人死了要葬在風水好的地方，子孫們才有好運。在基督文化影響下的西洋人，相信死後還會復活，所以每個教皇一上臺就想給自己的靈魂蓋一個安息的地方。有些富有的家族，像梅迪奇之

梅迪奇肖像，1515 年，油彩、畫布，83.2×66cm，美國紐約大都會博物館藏。

家，他們安放遺體的地方也叫小教堂，可是裡頭簡直裝飾得像皇宮或者藝術館。

菲律賓華僑們把墳墓蓋得像住家，有廳有房有院子，死者的棺材或骨灰就放在廳堂，子孫們每年清明來掃墓時，還可以在房裡打牌。在那個公墓中，除了出奇的靜，靜得有點可怕之外，你絕對想不到那其實是個墳場，是標準的死人住宅區。

埃及人蓋金字塔，希臘人蓋神殿，羅馬人蓋大教堂，都是跟死後的想法有關。秦始皇的兵馬俑，和菲律賓的「死人住宅區」，出發點也都一樣。有人說，一個人先要有正確的「人生觀」才能做大事，說不定「人死觀」更重要呢！

總之，勃拉芒特接了重任之後，馬上想到拉斐爾，立刻跟教皇推薦了拉斐爾。第二年，拉斐爾也被教皇召去羅馬。教皇一看他比想像中的還要年輕，氣質不凡，就已經很高興了。他是個非常愛好藝術的人，那時候，他一面想蓋聖彼得大教堂，一面要裝修現在的梵諦岡裡的宮廷和主教府。因為他本來住在主教府的第一層，實在不喜歡前一任教皇的藝術品味，所以乾脆搬到第二層去住，把第一層的房間全關起來。因此，他把很多大牌藝術家從各地

都召進羅馬來，畫的畫，刻的刻，要把第二層裝修得勝過從前的教皇。

教皇在看過一些拉斐爾的手稿後，大為激賞，加上勃拉芒特的特別推崇，所以拉斐爾晉見教皇不久就被重用為首席的宮廷畫家之一，並且教皇還把會議室、檔案廳（圖書館）等四個大廳交給他去裝飾。這些廳裡需要裝飾的面積加起來，跟後來米開蘭基羅畫的西斯汀教堂的天花板不相上下。

不但如此，他還對拉斐爾說：「你如果看不慣任何壁畫，我授權給你，就挖掉重畫。我絕對信任你。」

受寵若驚的拉斐爾，更加努力工作。他是個天性善良的人，雖然這麼得寵，但還是非常敬老尊賢，所以等他接手這重大的工程時，一些前輩們已經完成的畫作，他依然保留了一些，並沒有全部毀去。羅馬的藝術家們因此對他格外的尊敬了。

當時，人人一提到拉斐爾就說：「啊，拉斐爾，完美的畫家，完美的紳士。」(Perfect Artist, Perfect Gentleman.) 那時候，他才只有二十五、六歲呢！

如果你不相信奇蹟，簡直無法解釋拉斐爾是哪兒來的靈感會畫出〈雅典學院〉

和〈聖體爭辯〉這樣偉大的作品來的。如果不是他畫這兩個壁畫時，米開蘭基羅也正在畫西斯汀教堂的天花板，你一定會以為他說不定是抄襲米開蘭基羅的。因為他那麼年輕，畫的畫一向都是以青春明媚的樣子見長。畫小品畫，他當然早已駕輕就熟，但是，〈雅典學院〉和〈聖體爭辯〉這兩個壁畫，其題材選擇之深廣，其技巧布局之完美，簡直都達到了成熟的最高境地。好像他自己都知道他不是長命的那種人，所以他不顧一切的趁著年少，把才華全部釋放出來了。

雅典學院草圖，1509 年，炭筆，285×804cm，義大利米蘭安布洛茲繪畫館藏。

草圖中本來拉斐爾是不打算把米開蘭基羅畫進去的，但教皇指定一定要畫，拉斐爾才不得不把他補畫上去。

雅典學院，1509～1510 年，溼壁畫，底邊 770cm，羅馬梵諦岡美術館藏。

這幅在〈哲學〉下面的壁畫〈雅典學院〉，是和達文西的〈最後的晚餐〉、米開蘭基羅的〈最後的審判〉並駕齊驅，被美術史學家譽之為「文藝復興盛期三大傑作」之一。

雅典學院（局部）：
蘇格拉底。

身穿淡綠色長袍的蘇格
拉底，正側身向四個年輕
人扳指交換意見。

雅典學院（局部）：
拉斐爾。

最右邊為拉斐爾的恩師
佩魯吉諾（也有人說那
是拉斐爾的好友畫家索
多瑪， 大概兩人長得很
像），右邊第二位是拉斐
爾自己，他正深深的注視
著觀眾。

雅典學院（局部）：柏拉圖和亞里斯多德。

以達文西為模特兒來塑造柏拉圖，右邊是亞里斯多德。

雅典學院（局部）：
赫拉克特利。

沉思的古希臘哲學家赫
拉克特利，正是鬱鬱寡歡
的米開蘭基羅的寫照。

雅典學院（局部）：
伊壁鳩魯。

頭戴桂冠，正倚柱寫作的
哲學家伊壁鳩魯。

雅典學院（局部）：畢達哥拉斯。

人們圍著畢達哥拉斯，看他演算數學。

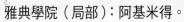
雅典學院（局部）：阿基米得。

這個彎腰正在用圓規教學的數學家阿基米得，就是以勃拉芒特為模特兒：最恨米開蘭基羅，最捧拉斐爾的大建築師。

在〈雅典學院〉上，他畫了所有希臘的哲人。

以柏拉圖和亞里斯多德為中心，其他數學大師、詩人、學生等等環繞四周。柏拉圖一手指天，亞里斯多德一手指地，講著形上學和現實的問題。蘇格拉底在跟人爭辯，數學大師畢達哥拉斯在演算，每個人物都活生生，使我們如同活在希臘那個時代，那時候人對命運的懷疑與不安，都在自由的探索著。

這畫裡面有趣的是，拉斐爾把一些當時的社會名流當成模特兒都畫了進去。譬如：柏拉圖是以年老的達文西為模特兒畫的，那個禿頭的數學大師就是勃拉芒特，而那個用手撐著頭正在思索的是米開蘭基羅。當然他也幽默的把自己畫在一個很小的角落裡。

而〈雅典學院〉對面的牆上，畫的是另一種爭論：〈聖體爭辯〉，這是公認拉斐爾最好的作品。他的意思是只有基督教的聖體學說才能解決從前那些先哲們的問題。天上與人間雖然分成兩層，中間卻用無限光明的雲層相連接，好像天上的聖人與地上的哲人共同努力要為人類的前景創造光明。

聖體爭辯，約 1510～1511 年，溼壁畫，底邊 770cm，羅馬梵諦岡美術館藏。

〈聖體爭辯〉在〈雅典學院〉的對面，〈神學〉的下面，是拉斐爾最偉大的兩大作品之一。

在羅馬梵諦岡美術館有兩處重點觀光的地方：一是米開蘭基羅的「西斯汀教堂的天花板」；一是「拉斐爾廳」——原是教廷的檔案廳（圖書館）——四壁都是拉斐爾的傑作，主題是「真、善、美」。

拉斐爾把「真」分為兩部分來畫（占了兩面牆），就是〈雅典學院〉和〈聖體爭辯〉。前者代表科學精神，後者代表真理——原來他的題目是「討論」（Discussion），後來不知是別人故意還是傳錯了，變成「爭辯」（Disputation）——也許真理會愈辯愈明吧！

另外還有兩個小房間，也有拉斐爾的壁畫：〈失火記〉和〈救出聖彼得〉都很精彩，一點也不比「真理二畫」差，但是面積小一半。

失火記，1514 年，溼壁畫，底邊 670cm，羅馬梵諦岡美術館藏。

城裡失火了，衣服來不及穿，有跳牆的、有牆頭丟下小孩的。先逃出的婦女、幼兒，呼救的呼救、祈禱的祈禱，亂成一團。

當時失火的地點離羅馬很近，大家都怕火勢蔓延過來，後來教皇在梵諦岡窗口向著失火的地方祈禱並高舉十字架，結果火就滅了，被傳說為「奇蹟」之一。

一場歷史上記載的火災，在拉斐爾的手中活了過來。

救出聖彼得，1513 年，溼壁畫，底邊 660cm，羅馬梵諦岡美術館藏。

為了將就房子的結構，拉斐爾畫出一幅「短篇小說」來，不得不叫人讚嘆！

從前的畫，整個故事可以畫在同一平面上，中間是聖彼得被捕入獄，左右兩邊是天使救出聖彼得時，有人在睡眠中，有人在驚慌尋找月光、燭光，天使之光對襯著那些睡著的、挨罵的、驚慌的士兵，極為生動。

拉斐爾把一塊原本很難看的拱柱及門框間的空白，補成好看得讓人不想走開的地方——這才是真正的「藝術」。

既沒有忘記人類的不安，也沒有忽視宗教的重要，拉斐爾就是這樣可愛的人。他像個不說話的詩人，沒有強烈的表現，總是恬靜的、安詳的畫出一種脫俗的美。

　　在〈雅典學院〉和〈聖體爭辯〉中，可以看出許多相同的人物與姿態。拉斐爾的肖像畫，他二十歲不到就已經畫得爐火純青，此時他更能將各種人物的表情姿態（不論老少或古今）發揮得淋漓盡致，難怪達文西、米開蘭基羅對這位後起之秀也要敬畏三分。

　　這兩幅畫裡，拉斐爾不但把達文西那種微妙的、金字塔式的三角形構圖學到了家，又學到米開蘭基羅動態的戲劇性，同時也不忘發揮自己的長處──把自然與想像優雅的結合在一起。

　　他從不自滿，不斷的取人之長、補己之短。終於使他除了一些小品畫作之外，也畫出了像〈雅典學院〉和〈聖體爭辯〉這樣舉世無雙的偉大作品。他畫完那兩個壁畫時，也才只有二十八歲。

　　比起他最崇拜的達文西的〈最後的晚餐〉，他畫的內容豐富得多，比起陽剛與英雄氣概的米開蘭基羅，他又溫婉得多。他是文藝復興的「集大成」者，也是文藝

復興最後的光點。從他以後，義大利在藝術上的光芒就一點一點黯淡下去了。

　　之後，拉斐爾又完成許多小品傑作，像教皇的肖像啦、聖母子圖啦，其中那幅〈西斯汀聖母〉也是一直到今天還被人讚

教皇里奧十世和二位紅衣主教，約 1518 年，蛋彩、畫板，155.5×119.5cm，義大利佛羅倫斯烏菲茲美術館藏。

可和〈教皇猶理斯二世〉做比較，這兩位教皇多麼的不同！教皇里奧十世是主張和平，不要打仗的，所以拉斐爾把他畫在書房裡，手中拿著放大鏡，表示正專心研讀著《聖經》的意思。

卡普利翁肖像，約
1514～1515 年，油
彩、畫布，82 × 67
cm，法國巴黎羅浮宮
藏。

拉斐爾的肖像畫之一，卡
普利翁是一位詩人學者。

不絕口的。他好像可大可小，隨心所欲。
因為，他一生下來直到去世，從來沒有想
過畫畫之外的事。有一次，勃拉芒特還問
他：「我推薦你去當紅衣主教怎樣？看你，
人緣這麼好。」

拉斐爾幽默的說：「當紅衣主教不是要
替教皇想法子募集錢財的嗎？我還跟你要

威爾的婦人肖像，約1516年，油彩、畫板，84×64cm，義大利佛羅倫斯碧提宮美術館藏。

拉斐爾的肖像畫之一，圖中婦人據說為拉斐爾的情人。

過飯呢，到哪兒去要錢？不幹，不幹。」

　　給他做媒的，那就更多了。可是跟畫畫一樣專情的他，除了那個麵包師父的女兒，其他的女孩子他都不要。有一天，他從那女孩子的家裡約會回來，忽然發起高燒，就此昏迷不醒，三天後就去世了。去世那一天，恰好是他三十七歲的生日。

但ㄉㄢˋ在ㄗㄞˋ他ㄊㄚ死ㄙˇ前ㄑㄧㄢˊ兩ㄌㄧㄤˇ三ㄙㄢ年ㄋㄧㄢˊ，他ㄊㄚ在ㄗㄞˋ新ㄒㄧㄣ教ㄐㄧㄠˋ皇ㄏㄨㄤˊ的ㄉㄜ˙授ㄕㄡˋ命ㄇㄧㄥˋ下ㄒㄧㄚˋ，還ㄏㄞˊ做ㄗㄨㄛˋ了ㄌㄜ˙一ㄧˊ件ㄐㄧㄢˋ重ㄓㄨㄥˋ要ㄧㄠˋ的ㄉㄜ˙「實ㄕˊ驗ㄧㄢˋ」，就ㄐㄧㄡˋ是ㄕˋ設ㄕㄜˋ計ㄐㄧˋ了ㄌㄜ˙幾ㄐㄧˇ幅ㄈㄨˊ掛ㄍㄨㄚˋ在ㄗㄞˋ牆ㄑㄧㄤˊ上ㄕㄤˋ的ㄉㄜ˙壁ㄅㄧˋ毯ㄊㄢˇ。

那ㄋㄚˋ時ㄕˊ候ㄏㄡˋ，義ㄧˋ大ㄉㄚˋ利ㄌㄧˋ並ㄅㄧㄥˋ不ㄅㄨˊ會ㄏㄨㄟˋ做ㄗㄨㄛˋ這ㄓㄜˋ種ㄓㄨㄥˇ用ㄩㄥˋ羊ㄧㄤˊ毛ㄇㄠˊ織ㄓ好ㄏㄠˇ再ㄗㄞˋ繡ㄒㄧㄡˋ上ㄕㄤˋ金ㄐㄧㄣ銀ㄧㄣˊ絲ㄙ線ㄒㄧㄢˋ的ㄉㄜ˙「新ㄒㄧㄣ玩ㄨㄢˊ藝ㄧˋ兒ㄦ」。可ㄎㄜˇ

捕魚奇蹟，約 1517～1519 年，掛毯畫，512×492 cm，羅馬梵諦岡美術館藏。

拉斐爾設計得最美的一個織錦掛毯。

是，因為新教皇看西斯汀教堂裡，大的空間差不多都給名家畫滿了，只剩下幾處小空白，才想出這個主意叫拉斐爾去設計。

　　拉斐爾就畫好樣稿，送到布魯塞爾去織繡。這又是他給義大利人留下的另一種貢獻。就好像中國的織錦畫，如今藝術掛毯也成了世上一種重要的工藝美術。後來這些畫稿被英國查理一世買去，至今珍藏在倫敦。

捕魚奇蹟，約 1515～1516 年，蛋彩畫，360×400 cm，英國倫敦維多利亞和亞伯特美術館藏。

在拉斐爾之前的另一位天才藝術家馬薩其奧，他曾在大理石棺墓上刻過一付完整的死人枯骨，枯骨旁，他用義大利文以枯骨的口氣題了兩句詩：

我從前像你一樣，
(What you are, I once was.)
你以後會像我一樣。
(What I am, You will become.)

是的，拉斐爾在四、五個世紀之前就已經成了枯骨，然而，直到現在，每當人們來到梵諦岡，站在他的畫與掛毯前，都還會忍不住這樣嘆息:「啊，要是他能活得久一點的話……」

中國人說：三不朽——立德、立功、立言。拉斐爾所做的，可以說是用畫畫來立德的不朽之人。因為在他的畫裡沒有狂亂，沒有痛苦，沒有醜惡與掙扎，他把他得到過的愛，加倍的還給了這個世界。用他的畫，他向上帝感恩，用他的天才，他留給世人美麗的藝術。他用短短的一生，向我們證明：人的生命是可以用藝術的生命來延長的，也只有藝術它才是永遠不會老的。

基督升天，1518～1520
年，油彩、畫板，405 ×
278cm，羅馬梵諦岡美
術館藏。

拉斐爾的最後一幅作品。

佛利紐的聖母，約 1511～1512 年，油彩、畫布，320 × 194cm，羅馬梵諦岡美術館藏。

拉斐爾

小檔案

1483 年	4 月 6 日，生於義大利的烏比諾，家中獨子，深得父母寵愛。父親是當地有名的詩人兼宮廷畫師。
1491 年	8 歲，母親去世，與父親相依為命。
1494 年	11 歲，父親去世，成了孤兒，拜父親的好友為師，不出 30 年就青出於藍，聲名遠播。
1500 年	17 歲，獨力完成一所教堂的溼壁畫（但在 1789 年的大地震中全毀）。
1501～1504 年	畫〈武士之夢〉及〈真善美三女神〉，設計教堂聖壇畫〈耶穌受難〉。
1504 年	完成〈聖母的婚禮〉。
1505 年	常往來於羅馬、佛羅倫斯受聘作畫。畫小品〈聖母圖〉無數，自成一格，得「拉斐爾式」之美譽。
1508 年	受教皇重託，負責裝修梵諦岡內部會議廳和圖書館。
1509～1510 年	著手〈雅典學院〉大型溼壁畫的製作，經兩年完成，與達文西〈最後的晚餐〉及米開蘭基羅〈最後的審判〉被譽為文藝復興盛期三大傑作。
1514 年	受命為聖彼得大教堂的首席建築師。作溼壁畫〈失火記〉。
1515 年	設計製作壁毯。
1517 年	〈捕魚奇蹟〉等掛毯畫在西斯汀大教堂展覽。
1518～1520 年	作〈基督升天〉。
1520 年	4 月 6 日，得不知名熱病去世，死時恰好是 37 歲生日。

兒童文學叢書

音樂家系列

沒有音樂的世界，我們失去的是夢想和希望……

每一個跳動音符的背後，到底隱藏了什麼樣的淚水和歡笑？
且看十位音樂大師，如何譜出心裡的風景……

由知名作家簡宛女士主編，邀集海內外傑出作家與音樂
工作者共同執筆。平易流暢的文字，活潑生動的插畫，
帶領小讀者們與音樂大師一同悲喜，靜靜聆聽……

文學家系列

榮獲行政院新聞局第五屆人文類小太陽獎

行政院新聞局第十八次推介中小學生優良課外讀物

文建會「好書大家讀」活動推薦

文建會「好書大家讀」活動1999年度最佳少年兒童讀物獎

～帶領孩子親近十位曠世文才的生命故事～

每個文學家的一生，都充滿了傳奇……

震撼舞臺的人——戲說莎士比亞　姚嘉為著／周靖龍繪

愛跳舞的女文豪——珍・奧斯汀的魅力　石麗東、王明心著／郜　欣、倪　靖繪

醜小鴨變天鵝——童話大師安徒生　簡　宛著／翱　子繪

怪異酷天才——神祕小說之父愛倫坡　吳玲瑤著／郜　欣、倪　靖繪

尋夢的苦兒——狄更斯的黑暗與光明　王明心著／江健文繪

俄羅斯的大橡樹——小說天才屠格涅夫　韓　秀著／鄭凱軍、錢繼偉繪

小小知更鳥——艾爾寇特與小婦人　王明心著／倪　靖繪

哈雷彗星來了——馬克・吐溫傳奇　王明心著／于紹文繪

解剖大偵探——柯南・道爾vs.福爾摩斯　李民安著／郜　欣、倪　靖繪

軟心腸的狼——命運坎坷的傑克・倫敦　喻麗清著／鄭凱軍、錢繼偉繪

小太陽獎得獎評語

三民書局以兒童文學的創作方式介紹十位著名西洋文學家，
不僅以生動活潑的文筆和用心精製的編輯、繪畫引導兒童進入文學家的生命故事，
而且啟發孩子們欣賞和創造的泉源，值得予以肯定。